가리봉

이경렬 산행시편

산객山客 — 삶의 이야기

산객

山客

삶의 이야기

이경렬 산행시편

한누리미디어

| 시인의 말 |

헤아려보니 사십여 년 동안, 전국의 웬만큼 알려진 산은 거의 모두 들어가 보았네요. 산행을 하면서 시상을 떠올리고 메모를 하고, 돌아와서는 작품으로 완성하는 재미가 무척 행복하였습니다.

그러니까 산행은 시작(詩作)의 과정인 셈이지요.

이렇게 탄생한 시편 중 '사랑이야기' 만 엮어 『삶이 사랑이고 사랑이 삶이라고』를 이미 상재하였구요.

그리고 이어서 '삶의 이야기' 를 엮어 이렇게 『산객』을 올리게 되었습니다.

시에 산 이름이 많이 나오고 주석을 단 이유는, 장소에 대한 현장성도 있지만 그 산에 대한 나름의 애정과 고마움이라 할 수 있어요. 한편으로는 독자에게 친절한 설명이 될 수도 있기 때문입니다.

시의 제목을 의도적으로 길게 쓴 이유가 몇 가지 있습니다.

첫째는 제목을 통하여 시적 배경을 미리 설정하는 경우이

고요, 둘째는 읽기 전에 이미지에 대한 긴장감을 주려는 경우입니다. 셋째는 시 전체를 함축하여 이미지를 강화해 보자는 뜻도 있습니다. 전반적으로 불필요한 사설을 제거하고 짧고 간결하게 써 보려는 실험적 시도임을 밝혀둡니다.

전반적으로 제 시편을 읽다 보면, 불교사상이 저변에 깔려 있음을 알 수 있습니다. 불자(佛子)는 아니지만 아무래도 불교는 대자연적 이미지와 많이 닮아 있기 때문일 겁니다. 제 인생관과도 많이 닮아 있구요.

삶의 희로애락이 있는 스포츠를 '마치 우리네 삶과 같다'라는 표현을 많이 하지요. 이와 마찬가지로 저도 산행 자체를 사람의 삶과 같음을 많이 느끼고 많이 실감하고 있습니다. 그만큼 생활과 가깝고 친숙하기 때문이지요.

이러한 느낌으로 살짝 들어와 시를 감상하시기 바랍니다.

2023년 2월에

이 경 렬

차례

1부

2부

차례

3부

4부

차례

5부

산객

山客

삶의 이야기

이경렬 산행시편

산객山客

제 1 부

누군들 없으랴
평생 끄떡없이 견고한
모질게도 아픈 응어리 몇 개

다 풀어주면서
다 풀어버리면서
그렇구나
도솔천으로 돌아가는 모습

또 한 번 가을 숲이 저물어 갑니다

내려가라고 등 떠미는 이는 없어도
때가 되면 모두 아래로 내려갑니다

숲에 살며 맑아진 바람도 아래로 흐르고
제 빛깔로 익은 낙엽도 아래로 구르고
긴 사연 간직한 열매도 아래로 굴러갑니다

발길에 툭 채인 돌멩이마저 아래로 구르는데
갈 길 모르던 안개는 가을 숲을 적시더니
머뭇머뭇 결국은 내려갑니다

아래로 내려와 모두 물과 만납니다
물과 섞여 아래로 아래로 흐르다가
유장한 강에 이르러 서녘으로 흐르겠지요

또 한 번 가을 숲이 저물어갑니다
노을빛이 참으로 고요합니다

산행 마무리 쯤 운두령에서 석양을 만나다

참, 호되고 질기게 오십여 리 걸어왔구나
고된 육신을 탓할까
숲이 쩌르릉 울리는 노래 하나
목청껏 터뜨려 보지 못했다

지금은, 풀잎 같은 연가 하나 부르고 싶다
저 산릉의 부드러움처럼
저 나뭇잎의 반짝임처럼
그리움 듬뿍 담은 작은 연가 하나

슬픈 연가면 어떠랴
자, 또 가자

비로봉에 올라 지나온 첩첩준령을 되돌아보다

저토록 두루뭉술 유연했던가

한 고비 한 고비 절절히 고된 일이 아니었던가

내 삶의 이력마다 그토록 중요한 일이었건만

육십여 년 삶의 궤적은 저러하구나

여기는 대적(大寂)의 자리

백운동 골짝에서 피어오르는 안개를 보다

누군들 없으랴
평생 끄떡없이 견고한
모질게도 아픈 응어리 몇 개

덧없구나 한 번 외치지도 않고
저렇듯 하얗게 풀어 올리는
귀천(歸天)

청량사 굴뚝에서 연기가 오르는 저물녘

다비식의 사위는 불빛이던 노을이
연화봉 너머로 사라지면
바람도 슬며시 뜨락에 잦아든다

천도재 마친 늙은 보살은
어느새 흔적 없이 떠나가고
빈자리에 사리탑이 홀로 섰다

청량사 낮은 굴뚝
시간을 태워 하늘로 돌려보내고 있다

한 무리 산객이 떠나자 숲은 더욱 고요하다

우리가 그토록 목메게 부른 노래는
저 허공 같은
무명(無明)*의 숲으로
스며들고
묻히며
사라지는
그런, 노래였구나

*무명(無明): 불교 용어. 진리를 깨닫지 못하여 번뇌의 근원이 되는 마음의 상태.

곰배령에 이르러 홀로 가는 산객을 만나다

한 번 망설임도 없이 구름은 참 잘도 흐른다

바람이야 제 기분대로 힘없이 허정거리며 지나가고

궁싯거리다가 마지못해 흐르는 저 물도 마찬가지

저렇게 다 흘러간 뒷자리도 모두가 그대로이듯

안개 속에서 나타났다가 안개 속으로 사라지는 산객

두타산* 산행길에 솨르르 떨어지는 단풍의 잎들

투신(投身)

마침내 저마다 만든 색깔
저 사연들 인연들 업의 색깔들
이렇듯 아름다운 투신을 꿈꾸었나니

내 몸 온전히 물드는 어느 날
투신을 위한 바람 불겠지
씻고 씻긴 벽공 아래
참으로 맑은 바람에 실려

*두타산: 삼척시 미로면에 청옥산과 나란히 있는 백두대간의 고산.

백운산(白雲山) 정상에는 구름뿐, 아무것도 보이지 않았다

정점에 서도
이런 때가 있느니

오만이나 욕망이었던가
허망이나 허무는 아니었나

힘겹던 오름길이 아련하다
잊혀질 추억처럼

운무산*에 올라 지나온 산길을 돌아보다가

취생몽사 저 흔적 없는 여정마저도

저렇듯 운무 속에 묻혀 버리는구나

지나가야 할 저 앞길인들 고단함이 없겠냐만

괜찮다, 괜찮다

흔적을 지워가는 삶이란 더 어려운 것을

* 운무산(雲霧山): 강원도 홍천군과 횡성군을 가르는 고산. 항상 운무가 많이 끼어 이름 지었다 함.

백운산 하늘길*을 걸으며 숲으로 스며들다

산죽밭에 이르면 산죽이 되고
얼레지를 만나면 얼레지가 되고
바람꽃이 반기면
이내 바람꽃이 된다
바람꽃은 또 산까치가 되었다가
다람쥐도 되고
도롱뇽도 된다

그렇다, 여기 백운산에 스며들어
구름이 되고 바람이 되고 숲이 된다
나는 백운산이다
산이 나다

*백운산 하늘길: 사북의 백운산 8부 능선상의 산판길. 옛날 석탄을 나르던 운탄로.

천불동(千佛洞) 계곡*의 천불(千佛)은 아무 대답도 하지 않는다

천 년 만 년을 두고 쪼아내고 깎아내어
이런 얼굴이 되었나요

쪼아내고 깎아낸 업은
다 버려야 했나요

버린 것들은
다 어디로 흘러갔나요

*천불동 계곡: 수많은 폭포와 담(潭)으로 이루어진 외설악의 대표적인 계곡. 양쪽으로 천개의 부처상을 늘어놓은 것처럼 암봉이 많고 다양하여 천불동(千佛洞)이라 한다.

원효봉과 의상봉* 사이를 지나 백운대에 올랐다

의상이 원효를 부를 때는 참으로 단순하였으리라
원효가 의상을 부를 때도 참으로 단순하였으리라

그 단순함을 깨우친 후
1340년을 건너오며
지금도 마주 보고 앉았느니

그렇다, 백운대에 서서
나는 저 도시의 엉클어진 그물망을
탈출한 줄 알았구나

*원효봉과 의상봉: 북한산성 계곡 초입에 의상봉(좌)과 원효봉(우)이 마주하고 있다.

새벽 북한산에서 잔멸하는 불빛을 내려보다

내가 소멸되어도
무심한 산빛은 오늘도 바뀌듯
골짜기와 암릉이 어우른 저 단단한 경관도
아무렇지 않은 듯 변해 가느니

저 아래 도시의 미망(迷妄)을 닮은
지나온 세월의 기억이
미명(微明)으로 아슴푸레한 지금
내가 소멸되는 모습, 모습들

지리산에 들어 숲의 가슴에 묻히다

숲으로 든다. 물굽이 휘도는 골짜기 따라 숲으로 든다. 세상에서 만든 무거움 한 바랑 가득 지고 지친 어깨 추스르며 숲으로 든다. 숲이라고 세상을 닮지 않았으랴. 저 불명의 안개도 만나고 저 폭란의 바람도 만나려니

숲으로 든다. 저 바람 죄다 스며들고 저 안개 죄다 녹아드는 숲으로 든다. 한없이 넓기만 하고 끝없이 깊기만 하여 오히려 바랑은 숲처럼 텅 비어 가볍고 숲처럼 꽉 차서 견고하다

숲으로 든다. 정갈한 샘물도 만나며 냇물 소리 더불어 숲으로, 숲의 가슴으로 빨려든다

산으로 들고 산에서 나오는 이야기

내 친구 무무사(無無寺) 땡초는
걸망이 있어 짐을 진다고
걸망조차 벗어 버리고
휘적휘적 숲길로 들어가 버렸다

까짓 거, 하며 걸망 몇 개 둘러메고
산에서 나오고 말았다, 나는

신선봉(神仙峰)*에서 천불동의 새벽 고요를 두드려 보다

어느 만큼의 세월을 갈고 닦아서
저렇듯 단단한 침묵이 되었는가

어느 만큼의 세월을 견디며 쌓아서
허공을 꽉 채우는 침묵이 되었는가

일제히 일어선 천불(千佛)의 침묵

*신선봉: 설악의 공룡능선에 있는 암봉. 설악의 중심부로서 전경을 볼 수 있으며, 천불동을 내려다보는 경치가 압권이다.

반야사*에 들렀더니 또 대성일갈(大聲一喝)하신다

버린다, 버린다 하면서
정작 네가 버린 게 무어냐

무엇을 버릴지 몰라
배낭 추스르며 헐떡이느냐

어떻게 버려야 하는지 몰라
이리 온 숲을 헤매다 왔느냐

석천 굽이굽이 내려가는 물을 보면
네 잘난 가슴에도 바람은 불더냐

*반야사: 충북 영동의 백화산에 있는 절. 석천은 절 앞에 흐르는 시내다.

도솔봉*에 이르러 어둠에 풀어지는 노을을 보다

지상에서 만들고 맺고 쌓은 색깔들
저렇듯

다 풀어주면서

다 풀어버리면서

그렇구나
도솔천으로 돌아가는 모습

*도솔봉: 소백산 죽령 남쪽의 고산.

산객山客

제 2 부

아무것도 남기지 않는다는 것이
얼마나 소중한 일인지
깨닫고 있는 지금입니다

어찌합니까. 슬프지만
배낭의 무게를 탓하며
산비탈 에움길을 탓하며
그냥, 갑니다. 가고 있습니다

가을 숲이 비우는 만큼 청명해지는 하늘

이 숲도 살 내리듯 헐렁하여
하늘을 푸르게 합니다

젊은 날 땀 홍건한 열정은
무언가 남겨야 한다는 믿음이었지만
믿음 속에 청춘은 감금되었지요

청춘이듯 가을은 지나가면서
아무 것도 남기지 않았습니다
아무것도 남기지 않는 것을 남겼을 뿐입니다

몇 장 남은 잎
마저 떨어져
하늘을 더 푸르게 합니다

아무 것도 남기지 않는다는 것이
얼마나 소중한 일인지
깨닫고 있는 지금입니다

문수산에서 한강이 바다에 이르는 모습을 보다

깊어가는 것이
가을뿐이랴 산뿐이랴
그리고 세월뿐이랴

사정없이 낙엽 후루루 떨구는 바람과 더불어
이제 다 왔구나 하며
강물도 뒤돌아보며 흐르는 지금

참, 노을이 어찌 저리 고울까
잔잔히 중얼거리는 산객의 얼굴도
노을빛에 젖었다

숲에는 길이 없어도 길이 있다

김삿갓처럼 마대산* 숲에 들어 걷는다
사람이 다닌 길을 걷고 짐승이 다닌 길을 걷는다
새가 날으는 길을 걷고 바람이 흐르는 길을 걷는다
육신의 길이거나 마음의 길이거나 어떠하랴

숲에 들어 걸으면 다 안다
길이 아닌 길을 걷고 길인 길을 걸어도
기다림의 길이고 그리움의 길이라는 것을
길은, 한 생애를 이끄는 질긴 끈이라는 것을

*마대산: 김삿갓의 묘와 주거지가 있는 뒷산.

산행 중에는 길이 아닌 길을 많이 만난다

비탈길 오르며 내리며, 돌아보면
숲에 가리고 안개에 묻혀 있지만
시간의 꼬리마저 아득하여
지나온 길은 흔적조차 없지만

길인 길만 길이 아니다

가야 할 길도 그렇게 있다

중봉산*을 오르다가 길을 잃고 잠시 쉬면서

어디쯤일까
물안개 숲속은 검은 둥치들의 정립뿐이다, 길인 듯 아닌 듯 희미한 흔적은 발길을 산란하게 하고 나침반도 지도도 도움이 안 된다, 잘못된 이정표를 원망한들 부질없는 짓이 아니던가

모르고 있었다
어디서부터 잘못되어 길을 잃게 되었는지 알 수 없구나 돌이켜보니 제대로 된 길을 가는 삶이란 없는 것, 언제나 길을 잃고 살았는지도 모른다
살아간다는 것은 잃은 길을 찾아내는 일이듯

*중봉산: 강원도 정선군에 있는 고산. 등산객이 드문 한적한 심산이다.

산에서 길을 잃고 헤매다 길을 만나다

길이 없으니
비로소 자유롭구나

신갈나무 밑을 지나도 되고 단풍나무 사이를 지나도 되고 이따금 까마득 절벽도 올라보고 얼키설키 덤불도 헤쳐 나가고
미끄러지고 넘어지기도 하며
시냇물에 발 담그며 한 모금 물도 마시고 산바람 청량한 바위 끝에 앉아 발 아래 근경이든 원경이든 마음대로 보다가
이따금 멈춰 서서 풀향기에 젖기도 하며

일찍이 길인 길만 걷다가
알겠다, 때로는 길이 아닌 길을 길인 듯 걸어야 하는구나

가을에는 견성암(見性庵) 오솔길은 걸어야 한다

세상천지 모든 것은 결국 땅색이 되는구나
저 붉은 단풍 노란 단풍도 땅색이 되는구나
땅으로 돌아가는 것은 모두 땅색이 되는구나
주황색 동자꽃도 자주색 용담도 땅색이 되는구나
아, 모든 색깔은 땅색이 되려고 준비를 하였구나

내가 죽어 묻힐 이 땅은 땅색이다
나도 흙이 되면 땅색이다
아무렴, 견성암(見性庵) 오르내리던 무수한 색깔들
이렇듯 땅색에 이르는 마음이었구나
이렇듯 땅색이 되려는 기도였구나

산행 끝 무렵 죽비소리로 들리던 상원사 종소리

그냥 저냥 걸었구나
애초부터 명료한 것은 없으므로
아무 곳이나 길이면서
아무 곳도 길이 아니므로

설렘이 없는 사랑처럼
그냥 저냥 걸었구나
열정이 없는 삶처럼
그냥 저냥 걸었구나

무릎 통증으로 더욱 까마득해지는 하산길

막무가내로
거슬러
올라왔으니

물처럼 흘러
내려가기는
어려우리라

관악산, 아무렇게나 놓여진 바위 하나

저 무질서의 질서에서
모서리 없는 돌덩이
세월을 견디라 하여
허공을 가르는 바람이었다가
애증을 견디라 하여
하릴없는 함묵이었다가

옆에 둔 질곡의 소나무는, 푯대처럼
견디고 견디는 흔적으로

고된 산행길에서 가랑비에 속절없이 젖는다

젖어봐야 해
나무가 젖듯 풀이 젖듯
머릿속에서 가슴까지 발끝까지

속절없이 젖거들랑
그것이 눈물이었음을 알아야 해

생의 마지막으로 여겼던
눈물겨운 눈물도 있었음을
알아야 해

입추 무렵 강물에 실려 온 풀잎 한 장

폭우 겨운 그때뿐이 아니었지
버티기 힘든 나날이야 아직 끝나지 않았지
희망과 용기라는 말이 절망이던 그때
그냥 내 앞에 다가왔어
찢긴 그대로, 헐벗은 그대로
떠내려 온 그대로의 몰골

연유를 모르고 이름도 모르게 흘러온
한 장 풀잎의 우주

비 내리는 산길에서 나리꽃을 만나다

축축이 젖은 우수와 더불어
빠르지도 느리지도 않은 노래
잔잔히 웅얼거리는
한 중년의 미소 띤 우울을 보았다

서북주릉* 걷고 걷다가 슬퍼지는 까닭은

나에게 주어진 시간이 다 되기 전
마음도 몸도 비우라지만
비워지지 않는 게 있습니다
비우지 못하는 게 있습니다

사랑마저 인연마저
버리고 가라지만
버려지지 않는 게 있습니다
버리지 못하는 게 있습니다

어찌합니까, 슬프지만
배낭의 무게를 탓하며
산비탈 에움길을 탓하며
그냥, 갑니다 가고 있습니다

*서북주릉: 설악산 대청봉에서 서북으로 뻗어내리는 최장의 지능선.

오르는 길 밖에 알지 못합니다

사명처럼 의무처럼
일행은 줄줄이 따라 오릅니다
나무도 꽃도 보이지 않습니다
맑은 물도 바람의 향기도 모릅니다
허리끈 조이며 배낭 추스르며
무작정 오르기만 합니다.
쉬어도 안 되는 줄 압니다
조금만 뒤처지면 낙오되는 줄 알아
앞선 사람의 발자국만 따라
빨리빨리 오르려 합니다

그렇습니다, 야간 산행은
오르는 길 밖에 알지 못합니다
내려가는 일은 다 잘못된 줄 압니다

산객山客

제 3 부

그리고 아는가
생애는 늘 한 짐 가득 비애를 담고 있어도
추울수록 가슴 가득 들어차는 뜨거움

척박함을 묻지 마라
있을 자리에 있어
아름다운 것을

상봉*에 서서 폭설로 덮인 미시령을 보다

그래, 아는가
이 찬바람을 맞는 뜨거움

뼛속을 후빌수록 칼날로 일어서는 적의처럼
적의로 번뜩이는 칼날처럼
차고 추울수록
깊은 속, 속에서 일어서는 불꽃의 심지
그리고 아는가
생애는 늘 한 짐 가득 비애를 담고 있어도
추울수록 가슴 가득 들어차는 뜨거움

이 뜨거움 굽이굽이 움켜쥐고
적의처럼, 꿈틀거리는 미시령

*상봉: 미시령에서 백두대간 북쪽 능선의 암봉.

도락산(道樂山)* 바위 위에 앉은 소나무가 말하다

바위틈이든 바위꼭대기든 그 척박함을 묻지 마라
여기도 비 내리고 햇빛 앉는 곳
견디고 버티다 보면 이 황량함마저
굳은살이 되어 몸에 익숙하고
정신은 맑아 사리처럼 빛나려니

모가지 가녀린 솔체꽃 곁에 두고
지난날 아픔을 이야기하며 잔잔히 웃을 수 있고
노을빛 배경이 잘 어울리는 이 자리는
곡절 많은 사랑이 아롱진 몸뚱이를
추억이듯 넌지시 비추어 보는 곳

척박함을 묻지 마라
있을 자리에 있어
아름다운 것을

*도락산: 충북 단양에 있는 암산으로 바위와 소나무가 잘 조화롭다.

선자령 설원에서 소나무가 바람에 맞서다

분노와 같은 열정이라 하마
쨍그렁 벽공 아래 광막한 설원 한 자리
칼바람 덴바람 눈보라가 흔들어대면
울컥 설움처럼 아픔처럼
온몸 달뜨는 뜨거움이 솟느니

저 아래 안온한 동해가
아무리 어서 오라고 부르고 불러도
갈 수 없다 이 울음으로는 갈 수가 없다
아무렴, 분노와 같은 열정으로
견디리라, 견뎌내리라

썩어가는 고사목의 울음소리를 듣다

느긋한 흰구름의 보행을 보았고
이를 가차없이 몰아내는 칼바람도 만났다
산짐승처럼 아우성치는 숲의 울음 속에서
수없이 널려 있는 아픔을 보았다

숲에서 살고 지는 누군들, 아픔을 원하랴

나는 그냥 무양무양 서있을 뿐인데
아픔을 파고드는 저 무지막지한 시도는
지금도 끊임없이 지속하고 있다
'삶이란 그런 거야 하며'
내가 사라져도 멈추지 않을 것이다

노인봉의 바람과 구름에 맞서다가 문득

저 바위 저 고목들
나보다 많은 사연을 지녔지만
이 풀꽃 이 어린 나무도
나보다 많은 연유로 생겨났지만
내가 사라져도 사라지지 않고
유장히 흘러가고 흘러올 것이다

그렇다 단 한 번도 바람에 맞서거나
구름 속에서 몸부림치지 않았다

보배산이 군자산*에게 대드는 소리를 듣다

덧없다 헛되다 구름이며 바람이며 세월만 끌어대지 말고
그날 그때 귀하고 소중하게 여기던 것이
지금 돌이켜보면 소중한 게 아니라고 말만 하지 말고
소중하게 여기던 것이든 소중한 게 아니라고 한 것이든
까짓것 버리라면 미련 없이 버리겠지만
정작으로 그때부터 지금까지
구름이며 바람이며 세월도 찍소리 못할
소중한 게 무어냐, 말하라
버리지 말아야 할 것이 무어냐, 젠장

*군자산과 보배산: 괴산의 쌍곡계곡을 사이로 마주하고 있는 산.

가리왕산 숲에서 침묵의 소리를 듣다

다 비우고 내려가라
천년 묵은 주목나무가 백년 묵은 신갈나무가
소리친다
다 버리고 내려가라
키 작은 돌배나무도 가느다란 자작나무도
덩달아 소리친다
마른 풀잎, 쌓인 낙엽까지도
환청인 듯 상상인 듯

숲은 그렇게 쩌렁쩌렁 울린다
벽공의 하늘이 허허한 날

당산 팽나무가 간밤에 폭풍우를 견뎌냈다

맥없이 흔들리다가
수없이 부딪히다가
참 서럽게 찢기다가

상처는 아름다운 눈물이었으면
아문 상처는 행복한 추억이었으면

계곡으로 굴러 떨어진 고사목에게 묻다

지난 여름의 홍수만이 아니었지
휘거나 굽고
견디다 못해 꺾이고 잘리고
이리 뽑히고 처박히는 질곡

시간 앞에서
시련의 아픔이 없으련만
지난한 견딤이 없으련만
이 모습 그대로를 고개 끄덕이며
순명이라 불러도 되느냐, 되느냐

잡초를 뽑는데 누군가 죽비로 내 어깨를 후려쳤다

나는 145,000,000여 년 전
백악기 말 공룡이 밟고 지나간 잡초였다

그리고 나는 1,350여 년 전
문무왕이 거니는 궁궐 정원에 잡초였다

그리고 또 나는 35년 전
내 집을 다 짓던 날 화단의 잡초였다

그리고 빙하기가 다시 시작될 무렵
나는 어느 산야에 잡초로 있을 것이다

지금, 안마당의 잡초로 앉아있는
나는

백악산* 노송을 30여 년 만에 다시 만나다

무엇인가를 이루었다고
무엇인가를 얻었다고
말할 수가 없구나
회오리 같던 젊은 날의 곤비함도
긴긴 세월에 묻혀 버리듯
온 생애 또한 묻혀 버리는 것을

다가오는 시간들이
씨엉씨엉 분주히 흘러가든
허위허위 힘겹게 흘러가든
허무를 가장한 위협이겠지만

분명, 시간 속에 정립한
이 모습 이대로가
분명 아름다운 것이다

*백악산: 속리산국립공원 내의 바위산. 바위와 소나무의 조화가 절묘하다.

바람 불자 노송의 삭정이가 쏟아지는 순간

우듬지
저마다 하늘을 쿡쿡 찔러서
햇살을 내려받고 있는데

늪의 겨울, 내내
지나간 가을의 찌꺼기에 매달려 있었구나, 나는

굽은 소나무 사이로 굽이진 동강을 내려다보다

배낭의 무게 마다하지 않고
굽이굽이 산길을 휘돌아 왔다

굽이진 강이 아름답듯
굽이쳐 흐르는 강물도 아름답구나

굽은 소나무 한 번 안아보고
다시 배낭을 추스른다

파사성(婆娑城)*에서 온달산성*을 지나온 강물을 내려다본다

그 해 어느 날 온달산성에서
바위자락에 앉아 나도 바위인 듯
나무에 기대어 나도 나무인 듯
내려다보았지, 그 강물

성벽 틈에 작은 돌 하나 끼워 넣으며
산성을 쌓던 어느 병졸의 일생을 이야기했었지
손 놓지 못하고 울던 부모처자
그리워, 그리움에 겨운 달빛 눈물
모두 담아 더불어 흘렀을 그 강물에 대하여

병졸이 보던 강물이 지난 후
내가 보던 강물도 지나가고
누군가의 강물이 또 지나가겠지

누군가 나처럼 여기에 서서
강물을 볼 것이다
잠시 머뭇거리다 지나가는 저 강물을
돌아보며 뒤돌아보며, 흘러가는 저 강물을

*파사성: 여주 대신면 천서리에 있으며 남한강이 한눈에 내려다보인다.
*온달산성: 단양 영춘면의 고구려 산성으로 역시 남한강이 내려다보인다.

홀로 걷는 산객의 통화를 엿듣다

산에 왔어. 응, 막걸리 한 병 들고 자주 와.
그러게. 젊은이도 어려운데 나 같은 나이로
어디 쉬운가. 맞아, 뭐래도 해야 하는데
그냥 막막해. 우리 애? 큰 애는 고3이고
둘째는 중3, 그렇지 뭐, 애들이나 나나, 후우.
재혼? 내 형편에 무슨, 됐어. 그만하고, 넌
요즘 어때? 그래, 힘든 건 다 마찬가지지.

산객山客

제4부

고단하게 견디던 시절
이제 다 건너왔으니
한 생애 담은 얼굴,
이리 맑으면 되었다

눈물 많은 사랑도 상처 많은 사랑도
세월에 기대어 묵히고 삭히다 보면
한세상 버티는 힘이었느니
한세상 살아가는 까닭이었느니

가을이 맑은 까닭은 구절초 하얀 꽃 때문이다

봄에 피지 않기를 참 잘하였다
여름에 피지 않기를 참으로 잘하였다

슬픔 없이 한 시절 보내겠는가
아픔 없이 한 시절 보내겠는가

고단하게 견디던 시절 이제 다 건너왔으니
한 생애 담은 얼굴, 이리 맑으면 되었다

가을 나무가 가을 숲에게 노래한다

사랑이 아닌 것이 있겠습니까
낙엽 한 장이 풀어낸 눈물도
풀잎 한 줄기에 맺힌 아픔도
여전히 미련에 힘겹고 사무친 일들
이 계절 끄트머리에 이르면
사랑이 아니고 무어라 하겠습니까

삶은 구름 같은 것이라고 함부로
함부로 수다스럽게 소리 지르는 바람이
서둘러 계절을 끌고 떠나가도
발아래 첩첩이 깔리는 질곡의 사연은
이 숲을 채우고 채우는 사랑이 아니던가요

더욱 뜨겁게 부르고 싶은
익히고 삭혀온 사랑 노래들

구슬봉이 피고 진 자리에 은방울꽃 피고 지고

백운봉 구름재를 넘던 강 안개
바쁜 걸음 슬그머니 멈춘 순간

저 뻐꾸기 울음 잦아지듯
이 은방울꽃마저 지고

갈참나무 썩은 밑둥치에
싹 돋우는 도토리 한 알

산벚꽃 후루루 꽃비로 흩어진다

내가 태어나던 60여 년 전에도
내가 살아온 60여 년 지금도
꽃비는 저 혼자 무심히 흩뿌리듯
무수한 낙화의 세월 가슴 저려 아파라
흔적 없는 바람으로 살아온 발걸음들
살면서 부끄럽고 살면서 슬펐고
못 견뎌 분노를 삭이던 아픔이여
이제는 바람 앞에 꽃비가 아니던가

일제히 내리는 꽃비
가슴 적시는 삶의 꽃

길고 긴 산행에서 풀꽃 한 송이 만나는 일

도회지를 걷든 산길을 걷든
고단함이야 일상의 짐이 아니던가
외로움 또한 더불어 따르는 짐인 것을

나무들 서로 기대고 서로 보듬고 있는
저 순평한 산길이라 해도
배낭을 채운 무게를 견뎌야 하듯
홀로 걷는 외로움도 내 몫인 것을

어쩌지 못하고 걷고 걸어야 하는 까닭은
길섶의 풀꽃 하나 만날 수 있기 때문이다
배낭에 담길수록 가벼워지는 이 풀꽃의 힘

연인산, 봄꽃 지천으로 피우는 절절함

신열로 지새우던 깊은 사랑의 울렁임 속에서, 그 시시하게 들리던 유행가나 그 밋밋하게 보이던 멜로드라마가 얼마나 절절했는지를 기억한다

지금 알 수는 없을까, 훗날 어느 쯤 가슴을 적시게 될 그 무엇을, 사랑 속의 인생이거나 인생 속의 사랑이거나 모두인 그 무엇에 대해

봄꽃 핀 숲에서 낙엽은

지난 해 저 나무들의 무진한 사연
그 질곡의 무게는 낙엽이 되었지
그 낙엽
겨우 내내 가벼워지는 연습만 하여
홀가분히 무연(無緣)의 바람인 줄 알았지

바람꽃, 별꽃, 양지꽃들
비죽이 머리를 들고 나온 이 봄
그렇다, 숲의 세상도
낙엽의 뿌리는 나무이듯
꽃의 뿌리는, 이렇듯 낙엽이구나

쌍계사 벚꽃 길에 낙화 휘날리는 날

육십 몇 해의 겨울을 견뎌내며
이 봄날도 폭발하듯 일제히 펼쳐보였지만

바람으로 흩날리는 저 처절함에 익숙하지 않느냐
봄은 또 미련 없이 떠나가는 허무를 남기고

평생 되풀이로 축적되는 기만이어도
노거수 아래를 나는 또 이리 걷는다

경포대 솔숲에서 홀로 야영을 하다

솔바람 소리를 눈 감고 듣다 보면
동해의 깊고 푸른 물의 노래가 들려온다.
그렇다 밤새 뒤척이며
그 소리 없는 노래를 지금
혼자 듣고 있다

해변을 걸으며
그 파도의 일렁임에 달뜨던 사랑아
우리의 이야기는 얼마나 깊었느냐
우리의 노래는 얼마나 푸르렀느냐

아득히 푸르고 깊은 그대여

화암사* 뜨락에 서서 수암(秀岩)을 보다

한 때 신열로 달뜨던 불덩이
깊게 깊게 가라앉힌 사랑을 본다

깎이고 부서지던 상처
견디고 다듬는 세월의 흔적을 본다

저렇듯 푯대처럼 높이 솟아도
아름답다, 하늘을 찌르는 오만(傲慢)은 없구나

*화암사: 미시령 북쪽에 위치한 절. 수암은 절과 마주한 거대한 암봉이다.

공림사* 늙은 느티나무가 표정으로 말하다

오매불망 오매사복 그 한 서린 사연들
흔적 하나 없다고 헛된 사랑이라고
소문처럼 유행처럼 바람결로 들으며
산문에 들어서면 안다

눈물 많은 사랑도 상처 많은 사랑도
세월에 기대어 묵히고 삭히다 보면
한세상 버티는 힘이었느니
한세상 살아가는 까닭이었느니

*공림사: 괴산 낙영산의 고찰. 여러 가지 모양의 느티나무가 많다.

촛대처럼 솟은 수암과 마주 앉아서

내 평생
하루도 같은 날이 없었지만

내 평생
하루같이 똑같은 일은 있지요

사랑이라는 이름으로

내장산 단풍나무 숲길을 걷다 보니

태우고 태워도 감내하지 못하는
이 뜨거움도
찬바람 들자 일제히
살 내리듯 텅 비우더니

그랬구나 땅 깊숙이 웅크리고
또 한 번 달구려는 순명이구나

네 눈동자 안에서 빛나던 선자령 별빛

그리움 겨워
오월 훈풍에도 얼어붙은 저 별

그토록 싫어하던 이별 노래가
넋두리로 나오는 지금
오월 어느 날
밤의 선자령

설악산 울산바위를 오르며 말했었지

울산바위 그 어느쯤
그래, 몇 계단 여기쯤이야

지금은 보이지 않지만
바위틈에서 소슬히, 비죽이 내민 붉나무 붉은 잎

그랬었지
곱고 붉은 사랑

조팝꽃이 일제히 꽃비로 떨어진 아침

몸겹게 흐드러지더니
간밤 길고 깊은 고요에 섞어
무게를 견뎠으리라

때에 이르러
한 번 망설임도 없는
저 단호한 정결함

산객山客

제5부

무성하게 키운 사랑의 미망(未忘)마저도
가을을 건너며
다시 지상에 내려놓아야 하리

나로 인해 만들어진 아픔들, 슬픔들
일찍이 몇 개만이라도
이렇듯 다소곳이 매달 줄 알았다면

제 빛깔 제 자리에 있는 대덕산에 오른다

제 빛깔로 제 자리에 있는 낙엽을 밟으며
제 빛깔로 제 자리에 있는 나무를 지나
다시 보아도 제 빛깔로 제 자리에 있는 냇물을 따라
산마루에 오르면
보인다, 제 빛깔로 제 자리에 있는
두루 두루 산마루의 정좌

산자락에 달라붙어 산의 품에 안길 줄 아는
제 빛깔로 제 자리에 있는 마을들이 보인다
벌레처럼 산만 파먹고 살 줄 아는
제 빛깔로 제 자리에 있는 사람들이 살 거다
이제 겨울이 깊어져도
도담도담 아이들도 산 빛깔을 닮으며 살 거다

까치밥 넉넉히 남아 있는 날이다

참으로 서럽게 가난했던

가난했던 쪽박 얘기로 서로 웃었다

서로 웃다가 부둥켜안고 울었다

안고 울다 보니

쌓이고 맺힌 한도 웃고 있었다

쑥꽃은 꽃 같지 않아서 향이 깊다

꽃 피우기 위해 세상에 태어나
한 번도 꽃답게 피워보지 못했지
저물고 빈 들판에는 온통
부대끼며 서걱이는 지친 노래들
들으며, 부르며
우린 얼마나 친숙해 있는지 알아

자라야 하는 만큼 온전히 자라서
이름처럼 그냥 자라서
허허 웃으면 되었지
꽃이라고 아니해도 꽃으로 피어서
그 냄새 진하고 깊으면 되었지

이 가을 노을빛에 묻히며
깊은 숨으로만 맡을 수 있는
쑥꽃 냄새

심원사* 입구에서 낯선 개가 다가왔다

너의 주인이었던 누군가도
버림받거나 버린 삶으로 버티고 있는지 몰라

우리는, 우리에게 주어진 시간을
얼마나 많이 방기하며 살아왔는가

거친 털을 쓰다듬어 본다
위로를 하려는 건지
위로를 받으려는 건지 모르겠어

저녁 범종소리 때문일까
남루한 성자처럼
총총히 사라져 가는 너의 뒷모습

*심원사: 문경의 도장산에 있는 작은 사찰

가을비 내린 아침에 보이는 겨울 입구에서

어제까지만 해도 붉은 감잎 몇 장
올려다보니 한 장도 없네요

감나무는 이제 참으로 홀가분하네요
까치밥 몇 개가 넉넉하게 해 주고요

긴 겨울 여행 떠나시길 바랍니다
당신이 지닌 사랑 더불어

가을비 산길에 무수히 누워있는 낙엽들

잘 살아 왔는가
잘 참고 왔는가
오호, 한 번도 이기지 못하면서
잘 견뎌왔는가
이제는 겨울잠의 계절이네

앞으로 가야 할 길을 가늠해 보다가

관음봉에 오를 때도 그랬다
그리고 비로봉에 오를 때도 그랬다
그리고 또, 연화봉에 오를 때도 그랬다
미련이다
욕심이다
남은 내 삶에 미안하다

고군산군도 섬들은 저마다 홀로 떠 있다

혼자라서 더 외로운 줄 알았다
장군봉에 올라 무한 안개 속 바다를 보다가
망주봉 바위산을 면벽으로 버티다가
주책없이 기룩거리는 저 갈매기
내 맘대로 친구로 삼다가
그래 알았다
나는 안개 같은 그리움으로 살아왔고
나는 무형의 열망으로 살아가고 있음을
바다에 갇힌 섬, 안개에 갇힌 섬

궁평리 낙조를 보며 건배하다

하루를 바쳐 무엇을 이루려 했던가

해질 녘이면 초조해진다
북으로 떠나는 철새의 바장이는 소리
저녁 해풍에 갈잎 칼 가는 소리

석양에 건배를 제의한다
저 굳건한 수평의 무심함 더불어
일찍이 숙명처럼 길들어진 허기짐을 위하여

여름산 울울하여 숲길이 모두 덮이다

무성하게 키운 사랑의 미망(未忘)마저도
가을을 건너며
다시 지상에 내려놓아야 하리

살 내리듯 다 떨구고
겨울에 이르면
놓이는 길, 비로소 투명하리라

두륜산 천년수(千年樹)*와 대화를 하다

가을은
채움의 계절입니다
비움의 계절입니다

가을은
수확의 계절입니다
버림의 계절입니다

가을이 꽉 들어찬
하늘입니다
텅 비었습니다

*두륜산 천년수: 전남 해남의 두륜산 속에 있는 거목. 수령이 약 1200년

저녁 무렵 마랑포 해변은 침묵하고 있다

바람은 음모처럼 숨을 죽이고
밀물은 함묵으로 은밀히 스며든다
떠나가는 배 한 척 없고
들어오는 배 한 척 없다

포구에 정박한 작은 어선도
터질 듯 탱탱한 고요를 싣고
서서히 어둠에 스며든다

견고한 평온은
함성처럼 분명 기지개를 켤 것이다

설악산으로 들어가며 또 다시 설렘을 맛보다

그 해 겨울 보름 동안 살아갈 무게
혼자 일어서기 힘든 무게의 배낭을 지고
일행은 내설악 깊숙이 들어갔다
그 젊음으론 무겁지 않았다
가볍지 않았지만 무겁지도 않았다

산다는 것은
내 삶의 무게를 진다는 믿음
설악산행은 오히려 설렘이었다

내 나머지 생
얼마의 무게가 줄어들까만
설렘을 배낭에 실어본다

절골*에 들어 휘영청 금낭화를 만나다

삶이 다 아름답기만 하랴만
지나치는 젊은 연인의 탄성이 그대로 걸리고
노부부의 무심한 듯 넉넉한 미소도 열리고

삶이 다 힘들기만 하랴만
어쩌다 어깨 무거운 사내의 숨소리도 매달리고
외로운 눈을 가진 여인의 눈물도 맺히고

나로 인해 만들어진 아픔들, 슬픔들
일찍이 몇 개만이라도
이렇듯 다소곳이 매달 줄 알았다면

살아가며 견디는 무게
일찍이 조금만이라도
이렇듯 아름답게 매달 줄 알았다면

*절골: 발교산(횡성군)의 청일면 봉명리 계곡. 야생화가 많은 육산.

여전히, 운명처럼, 허허 웃으며

겨우 내내 기다렸듯이
내 생애 내내 기다렸듯이
봄으로 오는 것, 봄처럼 오는 것
무엇인지 알고 기다렸던가

저렇게 미련 없이 봄은 가고 있는데
나는 또 무엇을 기다리는가
무엇을 기다리며 어정쩡
지금도 이리 서성이고 있는가

고로쇠나무 수액을 파는 할머니의 손

긴 겨울 견디며
정화수에 담은 꿈

삭정이가 될지라도
삭정이로 남을지라도

세심사(洗心寺)* 구층탑 너머 내 유년의 들판을 바라보았다

시간은 그리 중요하지 않아

석탑 끝 마모의 세월

내 유년의 기억들이
가슴 속에서 마모되듯

*세심사: 충남 아산의 영인산에 있는 고찰. 필자가 유년시절을 보낸 들판과 강, 마을이 내려다보인다.

산객山客
•
지은이 / 이경렬
발행인 / 김영란
발행처 / **한누리미디어**
디자인 / 지선숙
•
08303, 서울시 구로구 구로중앙로18길 40, 2층(구로동)
전화 / (02)379-4514, 379-4519
Fax / (02)379-4516
E-mail/hannury2003@hanmail.net
•
신고번호 / 제 25100-2016-000025호
신고연월일 / 2016. 4. 11
등록일 / 1993. 11. 4
•
초판발행일 / 2023년 3월 2일
•

•
값 12,000원
•

•
ISBN 978-89-7969-868-8 03810